故宮御貓夜遊記

忠實的椒圖

常怡／著　　小天下 南畔文化／繪

中華教育

責任編輯：劉萄諾
裝幀設計：鄧佩儀
排版：鄧佩儀
印務：劉漢舉

忠實的椒圖

常怡 / 著　小天下 南畔文化 / 繪

出版 | 中華教育

香港北角英皇道 499 號北角工業大廈 1 樓 B 室

電話：(852) 2137 2338　傳真：(852) 2713 8202

電子郵件：info@chunghwabook.com.hk

網址：http://www.chunghwabook.com.hk

發行 | 香港聯合書刊物流有限公司

香港新界荃灣德士古道 220-248 號 荃灣工業中心 16 樓

電話：(852) 2150 2100　傳真：(852) 2407 3062

電子郵件：info@suplogistics.com.hk

印刷 | 高科技印刷集團有限公司

香港葵涌和宜合道 109 號長榮工業大廈 6 樓

版次 | 2022 年 5 月第 1 版第 1 次印刷

©2022 中華教育

規格 | 16 開（185mm x 230mm）

ISBN | 978-988-8807-08-6

大家好！我是御貓胖桔子，故宮的主人。

雖然我們貓是非常高貴的動物，但是做貓做得太久，有時候也會想變個樣子。比如，要是能變成一隻鳥，我就可以飛進廚房的窗戶吃東西；要是能變成一隻警犬，那就更威風了。

冬天快要來了，太陽越來越喜歡偷懶。晚飯要是吃得稍微慢一點兒，抬起頭時，天就已經相當黑了。

就是在這樣一個黑漆漆又冷颼颼的晚上，御貓們卻決定在御花園開化妝舞會。

這是李小雨的主意，她是
故宮倉庫管理員的孩子，經常
給御貓們送魚罐頭，在故宮裏
很受御貓們歡迎。

是她告訴珍寶館的貓首領皇子，今天是萬聖節，應該開化妝舞會慶祝一下。皇子是珍寶館最強壯的公貓，他全身漆黑，平時總是聲音低沉，眼神裏帶着殺氣。誰也沒想到他會對化妝舞會感興趣。所以，當我們被皇子通知要在御花園裏開化妝舞會時，大家都很吃驚。

「喵，萬聖節是甚麼節？」我偷偷問平安。他是一隻藍眼白貓，比我大兩歲。

「聽說是外國的鬼節。」平安說。

「鬼節？那不是該放蓮花燈嗎？」我問。每年中國的鬼節，也就是中元節的時候，都會有人在金水河裏放蓮花燈。

「聽說，國外的鬼節，人們不放蓮花燈，而是要開化妝舞會。」

「化妝舞會是甚麼？」我還是不明白。

「好像就是給你變個樣子。」

我眼睛瞪得老大：「喵，變成甚麼樣？能變成警犬黑豆那樣嗎？」

我還沒問完，就被一隻手抓了過去。等到我回過神來，李小雨正拿着一堆奇形怪狀的衣服在我身上左右比劃，無論我怎麼喵嗚、喵嗚地抗議，她也不鬆手。

在我的貓生中，這是第一次被一個人類小孩如此擺弄，真是太丟臉了！好在珍寶館裏所有的御貓都被她擺弄了半天，估計大家誰都不會把這麼丟臉的事情說出去。

等到從李小雨的手裏逃出來，每隻御貓都變了個模樣。但他們不是變成鴿子、烏鴉或者警犬，而是⋯⋯變得非常奇怪。

皇子變成了「骷髏」貓；平安由一隻白貓變成了一隻「兔子」，李小雨在他腦袋上戴上了長耳朵髮夾；最可笑是黑斑貓點點，明明是一隻公貓，卻被套上了白色的芭蕾紗裙。我笑得肚子都疼了。

「哈哈，哈哈……」

「喵嗚，你還笑我呢？
你自己找個水坑照照吧。」
黑斑貓點點不高興地說。

我趕緊跑到澄瑞亭，
藉着月光低頭看自己在水
中的倒影。

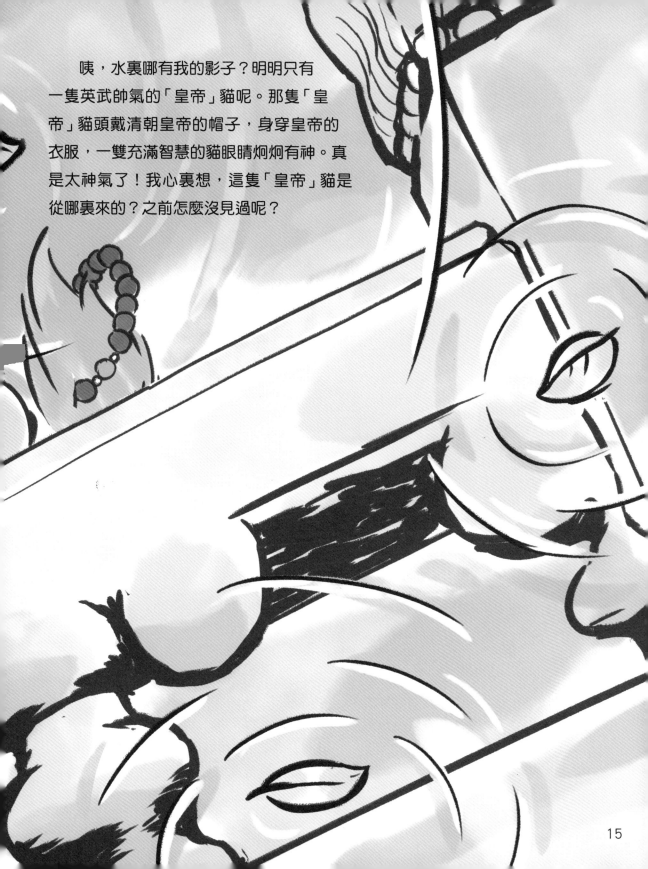

咦，水裏哪有我的影子？明明只有一隻英武帥氣的「皇帝」貓呢。那隻「皇帝」貓頭戴清朝皇帝的帽子，身穿皇帝的衣服，一雙充滿智慧的貓眼睛炯炯有神。真是太神氣了！我心裏想，這隻「皇帝」貓是從哪裏來的？之前怎麼沒見過呢？

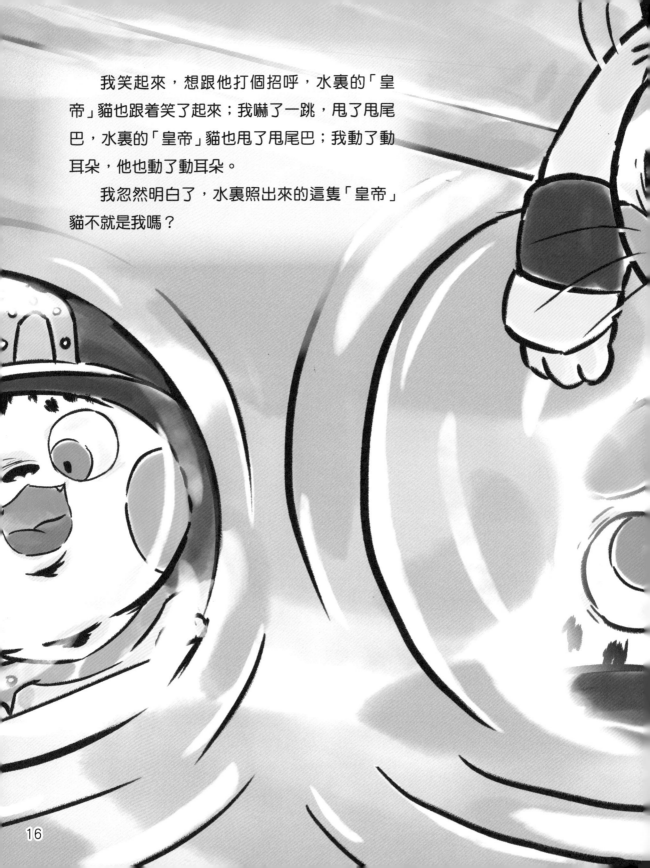

　　我笑起來，想跟他打個招呼，水裏的「皇帝」貓也跟着笑了起來；我嚇了一跳，甩了甩尾巴，水裏的「皇帝」貓也甩了甩尾巴；我動了動耳朵，他也動了動耳朵。

　　我忽然明白了，水裏照出來的這隻「皇帝」貓不就是我嗎？

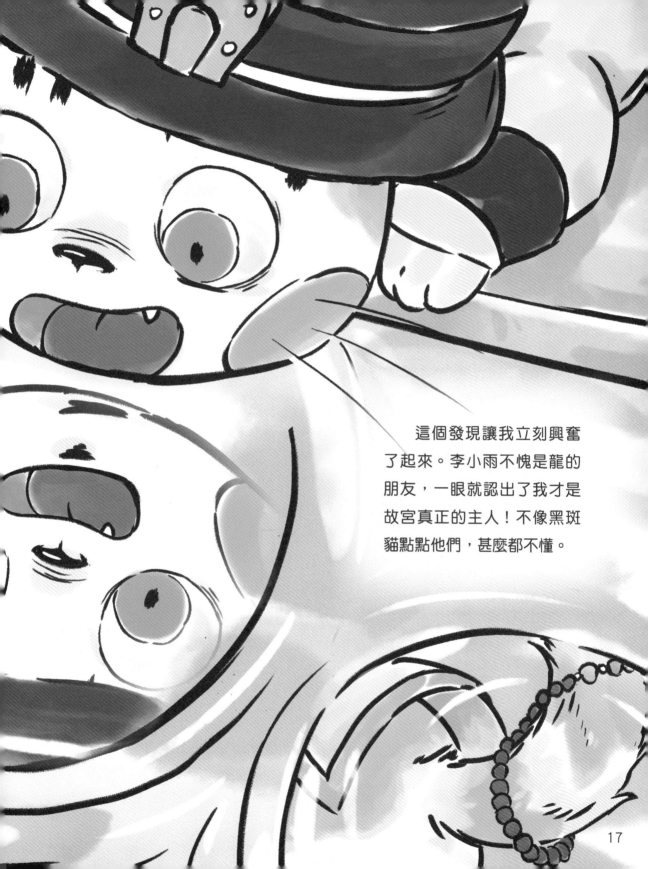

這個發現讓我立刻興奮了起來。李小雨不愧是龍的朋友，一眼就認出了我才是故宮真正的主人！不像黑斑貓點點他們，甚麼都不懂。

這時，不遠處傳來御貓們的歌聲，看來化妝舞會已經開始了。但是我卻沿着牆邊溜出了御花園。作為一隻身份尊貴的「皇帝」貓，在正式出場之前，我絕對不見任何人。

我好不容易才躲開所有的刺蝟、黃鼠狼、松鼠、大嘴巴的烏鴉、愛傳八卦的麻雀……剛回到珍寶館，就被一個聲音嚇了一大跳。

「大膽賊貓，站住！」

我抬頭一看，珍寶館的大門前，一隻怪獸正擋在那裏。他長相威武，身上還背着一個「蝸牛殼」。怪獸的雙眼瞪得大大的，一臉警惕地看着我。

我朝身後看了看。賊貓？這裏除了我和
怪獸外，好像沒有其他動物噢？

我側了個身，準備繞過怪獸，沒想到那
怪獸一下子又擋到了我面前。

「椒圖在此，怎能讓你這隻賊貓進門！」
怪獸兇巴巴地說。

椒圖？我拍了下腦袋。我說怎麼看着這麼眼熟呢，原來眼前的怪獸就是輔首獸椒圖呀。故宮裏的每扇大門上都有椒圖守護。他是非常喜歡安靜的怪獸，只喜歡待在自己的殼裏，不愛出門，也不和動物們打交道，所以我幾乎忘記了他的存在。

「你好，椒圖。我想你認錯了，我不是甚麼賊貓，我是珍寶館的御貓胖桔子。喵。」我一邊比劃，一邊和他解釋。

椒圖上下打量着我，搖了搖頭：「你別想騙我，你分明就是一隻偷了皇帝衣服的賊貓！」

「這不是我偷的！是李小雨為了舉辦化妝舞會，特意為我打造的專屬服裝！喵嗚。」我生氣極了，「你仔細看看，我身上的皇帝衣服都是特製的。」

椒圖一點兒也不相信我的話，他擺出架勢：「賊貓，你要想進入這個院子，先得過了我椒圖這一關！」

25

就在這時，從不遠處傳來了腳步聲。我的耳朵一下子豎了起來，糟糕，有別的御貓過來了！要是他們看見堂堂的故宮主人被拒之門外，一定會嘲笑我的。

「椒圖，求求你，你就讓我進去吧！喵。」我苦苦哀求着，可椒圖就是不肯答應。

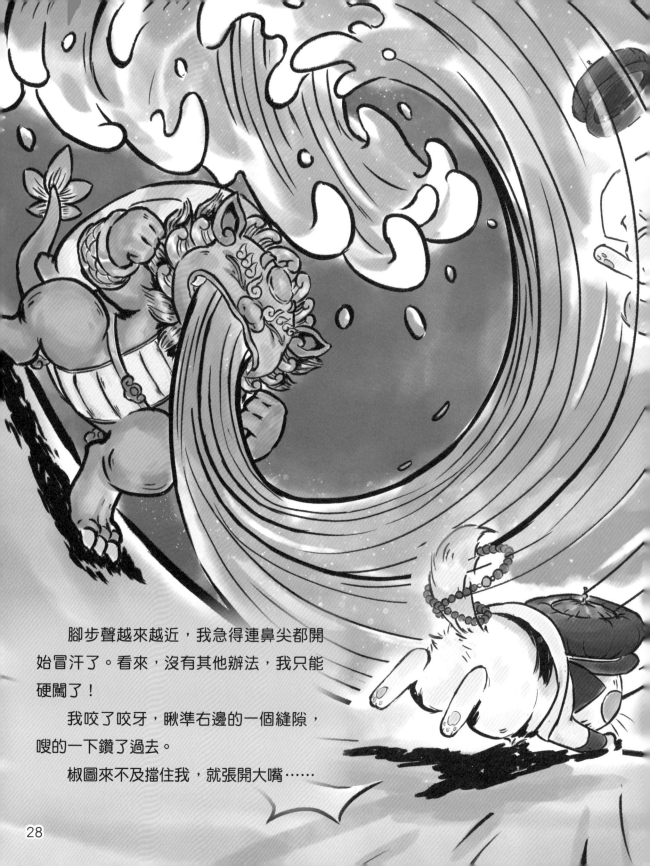

　　腳步聲越來越近，我急得連鼻尖都開始冒汗了。看來，沒有其他辦法，我只能硬闖了！

　　我咬了咬牙，瞅準右邊的一個縫隙，嗖的一下鑽了過去。

　　椒圖來不及擋住我，就張開大嘴⋯⋯

嘩—

一大股冷水從他嘴裏噴出來，直接澆到了我身上。

我頓時由一隻「皇帝」貓變成了一隻落湯貓。帽子被沖掉了，衣服也被沖掉了。

椒圖瞪大眼睛看了我半天才說：「你好像真是胖桔子⋯⋯」

「我沒有騙你，我⋯⋯我⋯⋯我是胖桔子。喵。」我凍得渾身直打哆嗦，「哈啾！」

「對不起，我還以為你是小偷呢。」椒圖不好意思地說。

「喵，沒……沒……沒關係，**哈啾！**」我大度地原諒了椒圖，誰讓我是故宮真正的主人呢，畢竟他也是為了守護我的家嘛！

神獸中的大宅男

椒圖

我擁有龍頭和螺螄的身體，還擁有螺螄的特性。在遇到危險的時候，我會將柔軟的身體縮進螺旋形的殼裏。我特別喜歡安靜，不喜歡往外跑，也不喜歡別人進入我的巢穴。除此之外，我的防禦能力也很強，只要我將口封住，所有人都不能突破我守護的防線。所以，古人喜歡將我置於門上，希望我可以看護好房子，保護好家人。

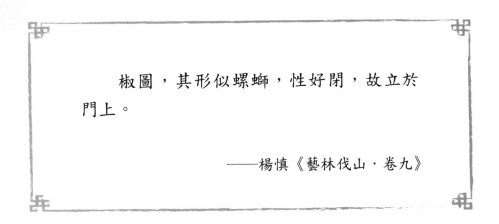

椒圖，其形似螺蛳，性好閉，故立於
門上。

——楊慎《藝林伐山·卷九》

語 譯

椒圖，它的形狀像螺蛳，性格孤僻，故將它安置在門上。

（見第20-21頁）

琉 璃 花 門　高顏值的花門

故宮裏有很多五彩繽紛的琉璃花門。琉璃花門是指由琉璃構件組合成的宮門。在寧壽宮建築羣中，有九座造型別緻、圖案精美的花門。其中以皇極門造型最為別緻。

傳說中的黃金屋頂　### 琉 璃 瓦

在中世紀的西方流傳着一個傳說：遙遠的東方遍地是寶藏，連屋頂也是黃金做的，這「黃金」說的就是琉璃瓦。

琉璃瓦普遍被用來做屋頂的建築材料，有黃、綠、藍、白、紫、黑等多種顏色。在明清兩朝，黃色是帝王的專用色，所以故宮的屋頂多用黃色的琉璃瓦。在皇子居住的宮殿使用了綠色琉璃瓦，象徵「生長」的意思。在收藏書籍的文淵閣，使用的是「五行」中代表「水」的黑色，以起到「水能剋火」的防火作用。

（見第23頁）

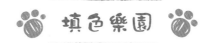

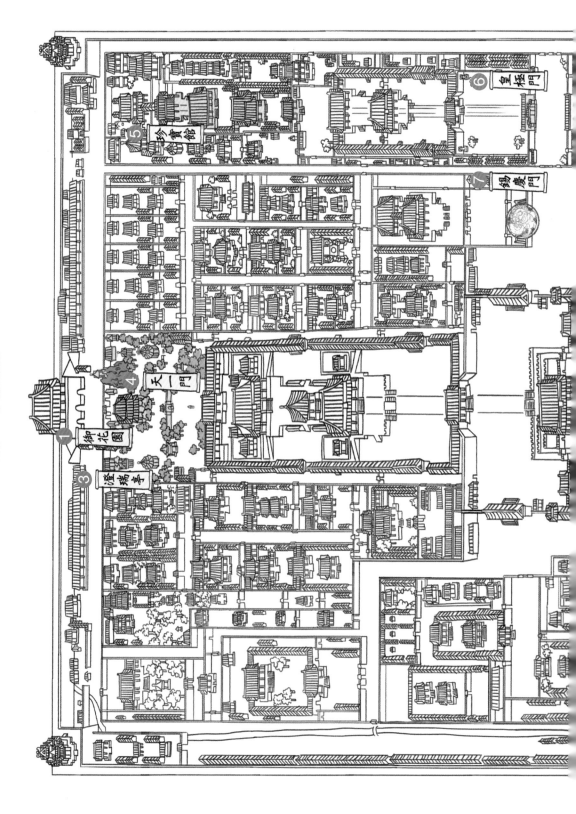

明朝與棣園時的宮事地圖

御花園

天一門

澄瑞亭

① 御花園

③ 澄瑞亭

④ 天一門

⑤ 珍寶館

⑥ 皇極門

⑦ 錫慶門

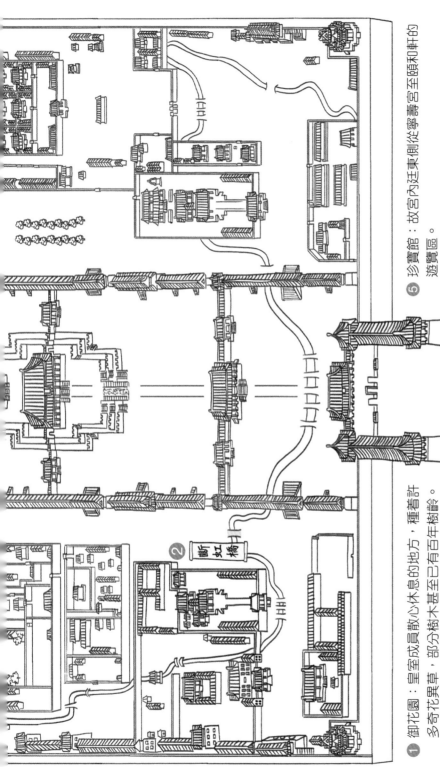

① 御花園：皇室成員散心休息的地方，種著許多奇花異草，部分樹木甚至已有百年樹齡。

② 斷虹橋：橫跨在內金水河之上。此橋用料之考究、裝飾之華麗、雕刻之精美都提稱紫禁城內眾橋之首。

③ 澄瑞亭：位於御花園的西北，坐落在石橋上，橋下有一個矩形形水池。

④ 天一門：位於御花園內，左右兩側設立銅鍍金獬豸，是紫禁城內較為少見的青磚建築。

⑤ 珍寶館：故宮內廷東側從寧壽宮至頤和軒的遊覽區。

⑥ 皇極門：為寧壽宮區的正門。皇極門的款式獨特、製作精美，同時具有門的形式和壁的特色。

⑦ 錫慶門：為寧壽宮區西南隅的大門，門外是一片廣闊的空地，聯繫寧壽館和紫禁城名處。

41

常　怡

椒圖是最容易被認錯的怪獸之一。我不止一次聽人指着故宮含着門環的怪獸叫「獅子」。

椒圖的身體就像一隻大螺螄。大家都見過螺螄吧，只要有一點兒動靜，牠們就會縮回殼裏，並把殼封住。椒圖也是這樣，只要有敵人，牠就會將殼口閉緊。牠是喜歡安靜的怪獸，最討厭聚會，用今天的話來說就是個「宅男」。

椒圖的防禦力量很強大。據說，不管多麼兇猛的怪物，都不能突破牠守護的地方。所以人們把牠放到大門上，讓牠看家。

因為狴（普bì｜粵幣）犴（普àn｜粵岸）也會被古人放在大門上，所以也經常有人會把椒圖和狴犴弄混。不過和椒圖不同，狴犴只出現在古時監獄的大門上，而且狴犴的左右獠牙大，向上彎曲，而椒圖一般沒有獠牙。

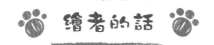

繪者的話

北京小天下時代文化有限責任公司

　　傳說，椒圖外形整體像個大螺螄，性格喜歡安靜。人們利用牠的這個特點，把椒圖造型的浮雕裝在門上，讓牠保佑家宅安寧。

　　椒圖的嘴裏含一個圓環，便於客人來訪時叩打，詢問主人在不在家。在創作椒圖時，我們故意把這個環畫得特別大，還在上面增加了一些圖紋。這樣就更能突顯椒圖的特點了。

　　故事裏，椒圖攔着化了妝的御貓胖桔子，不讓牠進門，顯得執拗不通人情。實際上，椒圖這麼做正是牠恪盡職守、絕不馬虎的體現。在生活中，你見過像椒圖一樣盡職盡責的人嗎？快給爸爸媽媽講一講吧！